DISCOVRS VERITABLE
DV MIRACLE
ARRIVE' EN L'EGLISE
de Paris le Dimanche 16. Iuillet
mil six cens vingt-huict.

Confirmé par les Enqueſtes & Informa-
tions faictes ſur iceluy.

Auec le Decret d'approbation de Monſei-
gneur l'Illuſtriſſime Archeueſque
de Paris.

A PARIS,
De l'Imprimerie de Franç. Iulliot,
ruë du Paon, au Soleil d'or, prés la
porte Sainct Victor.

Auec permiſſion.

RÉCIT VERITABLE
du Miracle arriué en l'Eglise de Paris
le Dimanche 16. iour de Iuillet 1628.

AINCT BERNARD, que la grande deuotion à la Vierge sacrée & Mere de IESVS a fait surnommer son Orateur, prenant sujet des paroles de Dauid a dict, *Que l'honneur de la Reyne aime le iugement*, pource qu'elle veut estre hautement louée, mais à bons & iustes tiltres, & non à fausses enseignes. Aussi cette Vierge Royne n'a besoin d'honneur controuué, puis qu'elle est comblee de veritables tiltres d'honneur : luy attribuer vn faux honneur, c'est ternir & decrediter le vray qu'elle possede : & on ne luy fait pas moins de tort luy rendant vn culte non deub, que de luy rauir celuy qu'elle merite. Les Theologiens disputent, & la question est indecise, sçauoir si l'atheisme est plus grand peché que la superstition : le premier ostant a Dieu l'honneur & l'estre, le second luy attribuant ce qui ne luy peut ap-

* Honor Reginæ (Regis) iudicium diligit. *Psal. 98. vers. 1.*

Virgo Regia falso non eget honore, veris cumulata honorum titulis, *D. Bern. ep. ad Lugd.*

Non est hoc Virginem honorare, sed honori detrahere. *Idem ibid.*

A ij

partenir; tant il est dangereux d'adiouster
ou diminuer à l'honneur qui est deub pre-
mierement à Dieu, & en apres à ceux à qui il
donne ses graces & perfections, qui seules
sont le fondement & le suiet de la vraye
loüange, lesquelles tandis que Dieu les com-
munique interieurement seulement, il veut
que l'intention par laquelle nous les meri-
tons demeure secrete dedans nos cœurs; &
en ce sens il dit, *Que la main senestre ne sçache*
pas ce que fait la dextre ; mais que l'obtention
que nous en auons par sa misericorde soit
cognuë & manifestee, principalement lors
qu'il luy plaist nous communiquer des graces exterieures & extraordinaires, il veut
qu'on publie l'effect de sa puissante bonté.
C'est l'intelligence des paroles de l'Ange
Raphael aux deux Tobies, *Il est bon de tenir*
caché le secret du Roy, mais honorable de descou-
urir & confesser les œuures de Dieu. Où distin-
guant le secret d'auec les œuures, nous pou-
uons rapporter le premier en nostre cooperation à la grace de Dieu par nos merites, &
le second à la cooperation de l'assistance de
Dieu par la misericorde; & considerant le
premier respect, Dieu ne veut pas que nous
vantions les graces que nous auons de luy:
ainsi en la guerison d'vn lepreux, il luy de-

*Sacramen-
tum Regis
abscondere
bonum est,
opera aute
Dei reuela-
re & confi-
teri hono-
rificum est.
Tob. 8. v. 8.

fendit d'en parler, en ces termes en S. Marc vide ne-
mini dixe-
ris, &c.
ch. 1. *Prends garde de n'en dire mot à personne.*
Mais considerant le second respect, Dieu
veut qu'on publie les graces qu'il a faictes;
ainsi le mesme lepreux, qui auoit eu defense
de diuulguer sa guarison, la va publiant & Et egres-
sus cœpit
prædicare
& diffama-
re sermo-
nem: *Marc. vij.*
44. & 45.
Vnus ex
illis vt vidit
quia mun-
datus est,
regressus est
cum magna
voce ma-
gnificans
Deum. Et
respondens
Iesus dixit,
Nonne de-
cem mun-
dati sunt? &
nouem vbi
sunt? &c.
diuulguant sans crainte de desobeyssance,
tenant secret, ce qui deuoit estre caché, &
publiant ce qu'il ne pouuoit taire sans blasme, puisque pareille guarison ayant esté fai-
cte à dix lepreux, en S. Luc ch. 17. IESVS-
CHRIST se plaint des neuf qui ne rendi-
rent point la gloire à Dieu, & recommande
le dixiesme, quoy qu'estranger & Samari-
tain, qui estant retourné magnifiant Dieu à
haute voix luy rendit graces.

C'est vne marque d'ingratitude entre les
hommes de dissimuler les faueurs qu'on a
receu de quelqu'vn; & ne seroit-ce pas vn
sujet de blasme de ne vouloir recognoistre
les graces extraordinaires que Dieu par dessus le cours des causes secondes opere en
nous pour se mohstrer la premiere cause in-
dependante des autres? L'obligation nous
est entiere de loüer Dieu par action de graces publiques, quand par l'intercession de la
sacrée Vierge, ou par les prieres des Saincts,
il fait paroistre visiblement en quelque par-

A iij

ticulier la prouidence qu'inuifiblement il exerce pour le bien du general. Il n'y a point d'autre raifon pourquoy dés le commencement de l'Eglife les Miracles fe publioient dans les affemblees des fideles, & S. Augustin dit, [a] *Qu'on les lifoit au peuple afin qu'ils fuffent creus, & fi les Chreftiens ne les euffent pas creu, on ne les euft pas leu.* Il falloit que pour lors ils fuffent recognus comme fceaux legitimes pour fceller la croyance que Dieu vouloit que nous euffions de la verité des chofes, ou de la fainéteté des perfonnes pour le refpect & par l'entremife defquelles il nous falloit ces graces, voulant eftre loué en fes Sainéts, & tirer l'honneur de fa bonté, la gloire de fa grandeur, la grandeur de fa toute puiffance, d'auoir par la premiere de feruiteurs faict des amis, par la feconde auoir faict des amis fes enfants, & par la troifiefme auoir rendu fes enfants conforts de fa diuine nature.

Mais pour empefcher que quelques impofteurs par fauffes fuppofitions, & miracles defguifés ne peuffent entrer en participatió des tiltres honorifiques & propres aux Efleus, l'honneur du Roy aymant le iugement, & Dieu ne pouuant confirmer vn menfonge, ny approuuer les honneurs fauffement

rendus, il a voulu que l'authorité publique
de son Eglise interuinst pour verifier que
telles œuures sont œuures de Dieu : & ainsi
par le Concile de Trente il a esté sagement
ordonné que l'Euesque recognoistra les Miracles auec le conseil des Theologiens, &
des gens de bien : la pratique de ce decret
s'est veüe en l'année 1626. lors qu'il pleut à
Dieu glorifier le nom de la sacree Vierge,
par vn Miracle euident fait deuât son Image
dans l'Eglise de Paris, en la personne d'An-
ne Tauillie, de recit veritable duquel auec
l'Approbation de Monseigneur l'Illustrissi-
me Archeuesque de Paris fut imprimé dés-
lors, & depuis a esté suiuy d'vne deuotion
tres-grande de ceux qui en ont eu la co-
gnoissance, & qui ont resmoigné leur zele
par les vœux rendus auprés de ceste Image
par plusieurs personnes signalées en grandeur & merite, la vertu desquelles demeure-
roit cachée dans leur humilité, si le fruict de
leur deuotion ne faisoit cognoistre, que la
misericorde de ceste saincte Vierge, est pro-
uoquée par leurs bónes œuures a multiplier
ses graces, se sentant honnorée du seruice &
des prieres qui luy sont faictes, & particulie-
rement de la pieté de nostre Royne, Princes-
se & miroer de deuotion, par l'embellisse-

ment de l'Autel, & l'enrichiffement du lieu
de l'Image, qui femble rendre noftre Dame
plus encline à impetrer de fon fils, des graces pour les fubjets de fa Maiefté, non comme feignoit le Poete parlant de la terre qu'il
difoit auoir efté plus fertile ¹ quand elle
auoit efté cultiuée des mains Imperiales,
mais par vne verité Chreftienne nous pou-
uons affeurer que les merites de telles perfonnes, par le culte rendu à noftre Dame, ob-
tiennent de Dieu des faueurs tres-fingulie-
res: & nous fommes obligés à faire le narré,
& donner au public la coghoiffance d'vne
grace arriuée le Dimanche 16. de ce mois de
Iuillet dans l'Eglife de noftre Dame & deuant la mefme Image, en la perfonne de
IEAN DE LA CARRIERE habitant de
Meaux aagé de trente ans. Ce pauure homme depuis trois ans ou enuiron ayant efté
affligé d'vne maladie & fluxion qui luy auoit
caufé des vlceres aux iambes, en fin depuis
quatre mois eftoit demeuré impotét & per-
clus de la iambe gauche, delaiffé de tout fe-
cours humain, il fe refolut à la pratique ordi-
naire des hômes, à fçauoir ᵏ de recourir aux
vœux, quand toute autre efperance manque.
Ainfi cet homme partit de Meaux le 13. de
ce mois de Iuillet, & vint en batteau, & arri-

ua

¹ *Atq. trium-*
phali gaude-
bat vomere
tellus.

ᵏ *Tunc vo-*
torum præ-
cipuus lo-
cus eft cùm
fpei nullus
eft.

ua à Paris le Vendredy 14. & le Dimanche
suiuāt 16. se porta en l'Eglise de nostre Dame
à grande difficulté auecques ses potences &
bequilles, sans lesquelles depuis trois ou
quatre mois il n'auoit peu cheminer, &
estant deuant l'Image de la Vierge sur ses
genoux & les deux mains en terre pour se
soulager, il auroit faict ses prieres & enten-
du trois Messes entieres, dressant le cry de
son cœur à Dieu, qui fut ouy du Ciel & [*] Pauperum
toucha les oreilles patientes de Dieu, com- clamor tan-
me dit S. Hierome, car apres l'eleuation de dem perue-
la quatriesme Messe il sentit vn tremblemēt nit ad cœlū
aux bras & vne sueur au visage, & s'estant & patientis-
leué & tenu debout il se trouua guary, ayant simas Dei
recogneu en soy la vertu de la Vierge en la vincit aures.
presence de son Image, non par la distilla- *D. Hier. ep.*
tion qu'autresfois on a veu en autre lieu *13. lib. 2.*
de la main & des doigts de pareille Image de
la Vierge sortir des ruisseaux d'onguent
precieux. Aussi est elle cette Espouse qui [n] Manus
parle au Cantique: *Mes mains ont distillé la* meæ stilla-
myrrhe & mes doigts sont plains de la premiere uerūt myr-
liqueur de myrrhe. Ainsi la grace qu'a re- rham, & di-
ceu ce pauure homme excede tous les bau- giti mei ple-
mes naturels & artificiels, puis qu'elle est ni myrrha
surnaturelle, sinon en la substance, au moins pretiosissi-
en la façon d'auoir remis & restitué la santé ma. *Cant.*
vers. 5.

B

à ce pauure homme impotent.

Il a esté iugé necessaire d'en donner le difcours veritable au public, afin que le men-
songe ne preiudicie à la verité, & afin d'oster
le credit à tout autre difcours faict par quelqu'vn [a] meflant les chofes incertaines auec
les vrayes, ce motif n'eftant à blafmer, puis
que fainct Luc [o] tefmoigne auoir eu le mefme au commencement de fon Euangile.
Nous auons tranché fuccinctement le narré
pource que cefte verité a des [p] iuges, mais
exempts de tout blafme, & des tefmoins
hors de tout reproche, pour vfer des termes
de fainct Ambroife.

Ce qui fe iuftifie par le proces verbal de
l'audition faite dudit de la Carriere le Dimanche feiziefme iour du prefent mois de
Iuillet 1628. Par M.e Denys le Blanc Chanoine & Archidiacre de Brie en l'Eglife de Paris, Vicaire General & Official de Monfei-
gneur l'Archeuefque, & auffi Official du
Chapitre de ladite Eglife, en prefence de
M.e Iean Baptifte de Comtes, Chanoine &
Chancelier de l'Eglife & Vniuerfité de Paris,
& M.e Iacques Charton Docteur en Theologie de la Faculté de Paris, & Penitencier
de ladite Eglife: & par l'audition de Fran-
çoife Gibert natifue de la ville de Meaux,

[a] Obfcuris
vera inuol-
uens.

[o] Quoniam
quidé multi
conati funt
ordinare
narrationé
quæ in no-
bis comple-
tæ funt re-
rum. Luc. 1.
verf. 1.

[p] Habet iu-
dices, fed
purgatos,
habet te-
ftes, fed ab-
folutos.
D. Ambr.
ferm. 91.

femme de Pierre Maignan teincturier demeurant aux fauxbourgs S. Marcel de ceste
ville, laquelle est venue de Meaux à Paris
auec ledit de la Carriere en mesme bacteau,
& autres tesmoins dignes de foy ouys par le
dit sieur Official, comme aussi par l'enqueste
qui en a esté faite le 18. & 19. iour dudit
mois par Monsieur l'Official de Meaux, ou
son Vicegerent, en vertu de la commission
dudit sieur Official de Paris en datte du 16.
dudit mois à luy enuoyée pour informer de
la verité de la maladie, vie, mœurs, Religion
& conuersation dudit de la Carriere; en laquelle ont esté ouys onze tesmoins dignes
de foy, entre autres le Curé de la paroisse de
nostre Dame de Chage de Meaux en laquelle ledit de la Carriere est demeurant, plusieurs Ecclesiastiques d'icelle paroisse, &
Chanoines & Beneficiers de l'Eglise Cathe-
drale de Meaux, & deux Chirurgiens de
ladite ville qui ont veu, visité & medicamé-
té ledit de la Carriere, du parrain dudit de la
Carriere, & autres habitans de ladite ville de
Meaux; lesquels apres serment presté parde-
uant ledit sieur Official ou Vicegerent ont signé leur deposition, auec ledit sieur Vicegerent & son Greffier, qui ont enuoyé ladite
enqueste ou information audit sieur Official

B ij

de Paris, laquelle ayant esté veuë auec le narré cy-dessus, par mondit Seigneur l'Archeuesque de Paris, & communiqué à Messieurs
les Venerables Doyen, Chanoines & Chapitre de l'Eglise de Paris, de l'aduis desdits
sieurs Doyen & Chapitre, mondit Seigneur
l'Archeuesque a donné son approbation, &
permis d'imprimer & de publier le Discours
veritable cy dessus verifié par les auditions
& enquestes cy-deuant mentionnees.

DECRET
D'APPROBATION
DE MONSEIGNEVR
le Reuerendissime Archeuesque
de Paris.

VEV par nous IEAN FRAN-
çois DE GONDY, par la grace
de Dieu & du S. Siege Aposto-
lique Archeuesque de Paris,
Conseiller du Roy en ses Conseils, & grand
Maistre de sa Chapelle, les Enquestes & In-
formations faictes tant par M. Denys le
Blanc Chanoine & Archidiacre de Brie en
l'Eglise de Paris, nostre Vicaire general &
Official, & aussi Official dudit Chapitre, le
Dimanche seiziesme & le dixseptiesme iour
du present mois de Iuillet, que par M. Abra-
ham de Laistre Prestre Vicegerent de l'Of-
ficialité de Meaux, en l'absence de l'Official
dudit lieu, les dixhuict & dixneufiesme iour
dudit mois: & apres en auoir communiqué
auec nos chers & bien-aimez freres les Venerables Doyen, Chanoines & Chapitre de

B iij

ladite Eglife de Paris, & fur ce prins leur aduis, & celuy de nos Vicaires generaux, & de
plufieurs Docteurs en Theologie, & autres
perfonnes Ecclefiaftiques de noftre Con-
feil : Conclvsions de noftre Promoteur,
auquel auffi le tout a efté comuniqué : apres
auoir inuoqué le S. Nom de Dieu, Novs
auons recognu qu'il y a preuue fuffifante
pour verifier que le recouurement de la fan-
té arriuee en vn inftant en la perfonne de
Iean de la Carriere habitant de la ville de
Meaux, denommé aufdites Enqueftes & In-
formations, le Dimanche feiziefme du prefent mois de Iuillet fur les huict heures du
matin, en la nef de l'Eglife de Paris deuant la
Chapelle & Image de noftre Dame, eft pro-
uenu d'vne caufe furnaturelle & diuine : &
partant auons declaré & declarons eftre par
la grace de Dieu & interceffion de la fainte
Vierge, miraculeufement furuenu. Et pour
rendre action de graces publiques à Dieu
Operateur de cefte merueille, Auons de
l'aduis defdits Sieurs Doyen & Chanoines
de noftre Eglife, ordonné que Mercredy
prochain, deuxiefme iour d'Aouft à neuf
heures du matin fera celebree en ladite Eglife en l'Autel de ladite Chapelle vne Meffe
folemnelle, à laquelle nous affifterons auec

lesdits Sieurs Doyen, Chanoines &habituez
de ladite Eglise. Et afin de donner sujet à
vn chacun de rendre des louanges & des re-
merciemens à Dieu, nous auons permis ces
presentes estre publiees en nostre Dioce
& par tout ailleurs qu'il appartiendra. Faict
à Paris en nostre Palais Archiepiscopal, le
vingt-septiesme iour de Iuillet l'an de grace
mil six cent vingt-huict.

Signé, I. FRANÇOIS DE GONDY,
Archeuesque de Paris. Et plus bas, Par le
commandement de mondit Seigneur l'Archeuesque, BAVDOVYN.

Et seellé en placart de cire rouge.

www.ingramcontent.com/pod-product-compliance
Lightning Source LLC
Chambersburg PA
CBHW061639180626
46818CB00005B/2429